# TROIS MOIS

# EN PORTUGAL.

IMPRIMERIE DE GUIRAUDET,
RUE SAINT-HONORÉ, N° 315.

# TROIS MOIS

# EN PORTUGAL,

### EN 1822,

## LETTRES

### DE M. JOSEPH PECCHIO A LADY J. O.,

TRADUITES DE L'ITALIEN

## PAR LÉONARD GALLOIS.

---

## A PARIS.

CHEZ LES MARCHANDS DE NOUVEAUTÉS.

1822.

# TROIS MOIS
# EN PORTUGAL *.

---◆◦◦◦◦◆---

## LETTRES

### DE JOSEPH PECCHIO A LADY J. O.

~~~~~~~~~~~~~~~~~~~~~~~~~~~~~~~~~~~~~~~~

## LETTRE PREMIÈRE.

Cadix, 30 janvier 1822.

AIMABLE JENNY,

Ne me qualifiez pas de vagabond, quoique
j'abandonne l'Espagne pour faire une course
en Portugal. L'honnêteté veut que je fasse
en personne une visite à tous les gouverne-

---

\* Les *Trois mois en Portugal* sont la suite d'une autre brochure de M. J. Pecchio, intitulée : *Six mois en
Espagne*, publiée chez le libraire Corréard, en juillet
dernier. La première lettre des *Trois mois en Portugal* doit donc être considérée comme la XX<sup>e</sup> de l'ouvrage
de M. Pecchio.

mens constitutionnels, excepté à ceux d'Amérique, auxquels je me contenterai d'envoyer une
carte. Je verrais bien volontiers la nouvelle république de Colombie, cette *quadrature du cercle*
que les Américains ont retrouvée, et qui est
encore un problème pour nous, savans européens; mais la fièvre jaune étant le Cerbère
qui garde cette république, quel est celui qui
oserait l'affronter?

L'Andalousie n'est pas sur la ligne droite
pour aller en Portugal; néanmoins, j'ai voulu
faire ce détour pour visiter le berceau de la liberté espagnole. Vous savez déjà que la Constitution qui doit régir l'Espagne naquit dans
cette ville en l'an 1812, et qu'elle ressuscita
en 1820 dans le bourg de *las Cabezas*, à quelques lieues de Cadix. La liberté ne pouvait
naître dans une contrée plus magnifique. Le
ciel de l'Andalousie est tout d'azur et d'or; le
sol est un jardin d'orangers, d'oliviers, de pal-
miers, etc., constamment couverts de fruits
et de fleurs. Les Arabes, non moins rusés que
les moines, lesquels s'emparent toujours des
sit s les plus agréables pour y établir leurs
couvens, choisirent pour leur résidence la plus
belle partie de l'Espagne.

Les Andalous se croient Espagnols; moi, je
les crois Arabes. Grands et sveltes, les yeux

noirs et brillans, les cheveux noirs, la barbe
épaisse, le nez aquilin, ils conservent la physionomie de leurs ancêtres. Doués d'une grande
volubilité, passionnés pour l'élégance, galans
auprès du beau sexe, présomptueux et pleins
de vivacité, ils ne ressemblent en rien aux
Espagnols des autres provinces. Ils sont presque toujours à cheval, et voyagent constamment armés ; tantôt honnêtes gens, tantôt con-
trebandiers, et quelquefois voleurs comme les
Arabes bédouins. Leur imagination est poéti-
que et leur langage hyperbolique comme celui
des orientaux. Le muletier Anselme, qui m'ac-
compagnait, me demanda un jour quelle était
la nation la plus puissante de l'Espagne ou de
l'Angleterre. Je lui dis que c'était l'Angleterre.
Vous vous trompez, Monsieur, me répondit-il
avec l'emphase de Pindare, *Cuando se nombra
Espana, todas las naciones tiemblan* (1). Un
autre jour, je lui demandai si le mulet que je
montais était paisible : Anselme, de Pindare
devenu Anacréon, me répondit : *El es manso
como el sueno* (2).

(1) Lorsqu'on nomme l'Espagne, toutes les nations
tremblent.

(2) Il est tranquille comme le sommeil.

Les usages sont également Arabes. Les gros barreaux de fer qui garantissent toutes les fenêtres des maisons rappellent la jalousie orientale. Les grands favoris que les Andalous portent, le mouchoir dont, en général, ils entourent leur tête, et les *mantilles* (1) des femmes, ont remplacé les longues barbes, les turbans et les voiles que Philippe II défendit de porter, en 1568, aux Arabes qui étaient restés dans l'Andalousie après la prise de Grenade. Les mahométans sont dans l'habitude d'écrire à l'entrée de leurs maisons les versets de l'Alcoran : de même les habitans de Porto-Sainte-Marie, de Ciclana, de Cadix, etc., etc., ont adopté l'usage d'écrire sur leur porte un article de la Constitution. Chacun choisit son motet dans ce blason de la liberté.

La semaine dernière, j'ai fait à cheval une excursion jusqu'à Gibraltar. Entre cette ville et Cadix, il n'y a point d'autre communication par terre qu'un sentier pierreux, que le gouvernement espagnol a laissé intact depuis l'expulsion des Maures jusqu'à ce jour. Celui qui voit la propreté, l'activité, et la liberté des

_____

(1) La *mantille* ressemble beaucoup aux pelisses que les dames françaises portent en ce moment.

cultes, qui règnent à Gibraltar, est presque
tenté de pardonner à l'Angleterre le vol qu'elle
a fait à l'Espagne dans le siècle dernier. Ce
gigantesque écueil, tout percé et garni d'une innombrable artillerie, peut être regardé comme
le plus grand vaisseau de ligne que l'Angleterre
possède. Les officiers anglais donnèrent, il y a
peu de temps, dans une des galeries les plus
élevées et les plus grandes, un superbe bal
aux *scorpions de l'écueil* : c'est ainsi que les
Anglais appellent les habitans de cet inexpu-
gnable rocher.

Votre gouvernement, belle lady, est comme
Archimède : il se contente d'un point pour
y appuyer son levier : *Da ubi consistam, cœ-
lum terramque movebo.* Gibraltar, Malte et
Corfou sont les trois points d'appui avec lesquels votre gouvernement secoue à sa volonté
le midi de l'Europe. Gibraltar est toujours paré
comme à la veille d'un assaut; il n'y manque
jamais rien de tout ce qui peut être nécessaire
à sa défense. Quel est celui qui prendra Gibraltar? quand et comment?... Cette place me
représente le château du grand Atlas, qui ne
pouvait être pris qu'avec le cor d'Astolphe. La
philosophie des Espagnols est vraiment admi-
rable : ils ont tellement bien su oublier cette
perte, qu'à peine ils s'aperçoivent qu'ils ont

d'aussi redoutables voisins ; ils laissent Cadix sans un seul canon en batterie.

La petite ville de Gibraltar est un essaim qui contient quinze mille habitans. Je l'appelle essaim à cause du mouvement perpétuel que là contrebande pour l'Espagne y produit. Dans les rues, on se heurte avec des Arabes, des Maroquins ; des Italiens, des Espagnols et des Anglais : c'est un véritable musée vivant.

J'ai trouvé dispersés dans l'Andalousie beaucoup d'Italiens du lac d'Orta, qui exercent l'état d'aubergiste ou de limonadier. Celui qui nomma l'homme *homme-plante* avait bien raison. On est forcé de convenir que les hommes, ainsi que les arbres, lorsqu'on les transplante jeunes d'un pays dans un autre, croissent et prospèrent. Ces compatriotes dont je viens de vous parler ne m'ont procuré aucune consolation, pas même le plaisir de parler avec eux la langue italienne ; presque tous ont oublié, après quatre ou cinq années de séjour en Espagne, jusqu'à leur premier idiome.

Quelle différence entre eux et le vieux aubergiste allemand que je rencontrai à la Carlotte (1) ! Il y a près de cinquante ans que ce

_____

(1) Chef-lieu des peuplades formées par Olavidé, dans les déserts de l'Andalousie, entre Ecija et Cordoue.

villageois de la principauté de Nassau vit au milieu de l'Andalousie. Dès qu'il me vit, il me demanda si je savais parler l'allemand : depuis bien long-temps il avait été privé du bonheur de parler sa langue natale. Il conservait un souvenir si avantageux de sa patrie, qu'il prétendait que la principauté de Nassau était beaucoup plus fertile que l'Espagne. Son fils, qui est né dans la colonie de la Carlotte, me disait en riant que son père n'était plus du même avis lorsqu'il buvait du Xérès. Sa femme, sa maison, sa cuisine, tout était propre. Le bon vieil Allemand avait conservé en Andalousie les usages et la vie patriarchale de l'Allemagne. Pendant que midi sonnait, une de ses petites-filles, espagnole, âgée d'environ huit ans, se présenta devant lui, et lui, dans l'attitude d'un Abraham, lui donna sa main à baiser. Du pain et une pomme furent la récompense de cette cérémonie. Voilà un homme qui n'est pas homme-plante.

Après demain, je partirai pour Lisbonne. Je quitte l'Espagne sans aucune inquiétude. Je crois voir le nuage qui portait dans son sein la guerre civile s'éloigner, au moins pour le moment. Cadix, qui menaçait de se séparer de la capitale et de se déclarer ville anséatique, s'est soumis au gouvernement, puisqu'une partie des ministres sont tombés et que le reste ne peut manquer de tomber aussi. Le nouveau ministère aura besoin de beaucoup de vigueur et de beaucoup d'éloquence ; car on annonce qu'on verra aux prochaines cortès des Gracques furibonds. Les serviles disent : « Que reste-t-il à faire aux cortès nouvelles, sinon de donner l'assaut au palais du roi. » Les libéraux de 1820 sont, eux aussi, accablés par la crainte que les futures cortès ne modifient la Constitution et ne touchent ainsi à l'arche sainte construite par eux en 1812. Néanmoins, la désunion qui existe entre les libéraux de 1812 et ceux de 1820 n'est point une inimitié : c'est plutôt une rivalité de mérite. Ceux de 1812 créèrent la Constitution ; mais ils la laissèrent périr en 1814. Ceux de 1820 la rappelèrent à la vie. Riégo siégera parmi les députés, et, de la roche Tarpéïenne, dont le ministère tombé le menaçait, le peuple le conduit au Capitole. Je profiterai donc de cette trêve pour m'éloigner de l'Espagne pendant quelques mois.

Adieu, gracieuse lady ; dans les intervalles de vos lectures, rappelez-vous de moi. Je vous assure que dans l'exil le cœur bat plus vivement pour les amis. Dites aux exilés italiens qui fréquentent votre maison, qu'il m'est glorieux de partager le sort des jeunes gens les plus intéressans de l'Italie. J'apprends que le nombre des proscrits augmente tous les jours. Il ne reste donc plus en Italie un seul pied de terrain pour les amis de la liberté! Il y a en Italie treize gouvernemens divers, et tous les treize leur refusent l'eau et le feu ! Pardonnez-moi, lady, si je reviens souvent à cette triste ritournelle. Plaignez-moi : l'Italie est mon amante. Adieu.

Votre affectionné.....

~~~~~~~~~~~~~~~~~~~~~~~~~~~~~~~~~~~~~~~~~~~~

# LETTRE II.

Lisbonne, 9 février 1822.

Je viens de voyager comme un pape, mon aimable Jenny, c'est-à-dire que je suis arrivé sur une mule, heureusement il est vrai, mais horriblement fatigué. Un voyage en Portugal ou en Espagne équivaut à une campagne militaire : manque de vivres, embuscades, périls, incommodités, bivouacs ; on y trouve tout excepté la gloire. J'avais cru que les Portugais, ne serait-ce qu'à cause de l'inimitié qu'ils portent aux Espagnols, et pour le plaisir d'être en contradiction avec leurs voisins, devaient être plus propres, plus recherchés et plus commodément logés qu'eux. Hélas! ils sont en tout les rivaux des Espagnols. Pour vous donner une idée des auberges du Portugal, je vous dirai que la nuit dernière, à Moïte, les rats ont dévoré une grosse poule d'Inde que j'avais fait porter dans ma chambre, et qu'ils n'ont pas même fait grâce aux os. Nos loups sont moins voraces que les rats des auberges de ce pays.

Si je n'eusse pas lu l'histoire du Portugal, il
m'aurait suffi de remarquer la manière dont les
paysans Portugais saluent, pour juger que ce
peuple a vécu dans une longue oppression.
Lorsqu'ils aperçoivent, même de loin, un
voyageur, ils ôtent leur large chapeau et le
baissent jusqu'à terre : Lawater aurait cru re-
connnaître à cet acte, que le peuple Portugais
est plus docile et plus respectueux envers la
noblesse et les gens riches, que ne l'est le peuple Espagnol. La manière de saluer n'est pas
une chose indifférente à observer : elle indique
presque toujours le degré de liberté ou d'es-
clavage des nations. Les Orientaux se jettent à
genoux avec les bras croisés ; les Suisses, les
Anglais, se bornent à tendre la main et gar-
dent leur chapeau sur leur tête. Avant la révolution, le paysan français s'abaissait devant
le marquis de son village : aujourd'hui il salue
les *pairs* mêmes de pair à pair.

Dans tous les villages que j'ai traversés, j'ai
trouvé des hommes robustes, sveltes, et d'une
physionomie agréable. Le crâne des Espagnols
et des Portugais est d'une structure carrée et
majestueuse : je n'ai vu nulle part de plus
beaux fronts, si ce n'est dans les têtes de
l'école d'Athènes, de Raphaël. Il me semble
que si Gall observait ces crânes, il y trouve-

rait l'organe des conquêtes bien prononcé.
Ce sont des crânes à la César, à la Napoléon.
La physionomie des Portugais est expressive ;
mais ce qui m'a le plus surpris , c'est la variété
de ces physionomies. Il existe des peuples qui
semblent faits avec un seul et même moule ,
comme , par exemple, les Chinois , les Autrichiens et les Anglais. Dans la garnison anglaise
de Gibraltar, composée de plus de cinq mille
hommes , j'aurais eu de la peine à distinguer
deux figures différentes ; au contraire, en Portugal , un peintre peut choisir dans une réu-
nion de paysans les divers acteurs d'un ta-
bleau.

Vous devez être bien étonnée de ce que je
ne vous ai pas encore écrit un seul mot de
politique. Mais que pouvais-je vous dire ,
puisque j'ai traversé tout ce Royaume sans
avoir remarqué un seul indice de sa régénération ? L'ancien édifice est encore debout. On
a annoncé, et l'on a même solennellement
juré, que l'on élèverait l'édifice constitutionnel ; mais jusqu'à ce jour il n'existe encore que
la seule façade de ce monument : je veux dire
la Constitution. Il n'en est pas ici comme en
Espagne, où la Constitution , rappelée à la vie
par Riégo, était toute présente à la mémoire de
la nation. Les Portugais eurent, eux aussi, dans

les temps passés, des états généraux ou cortès ;
mais le peuple, qui n'est pas érudit, ne se les
rappelle plus. Il arrive dans le royaume de la
liberté comme quelqu'un qui sort tout à coup
des ténèbres : la lumière l'éblouit; il ne dis-
tingue encore aucun objet.

S'il était vrai qu'Ulysse fut le fondateur de
Lisbonne, il faudrait admirer en lui son bon
goût, autant que son génie et son astucité. La
situation de cette ville enchante. C'est une entrée vraiement digne de l'Europe. De ma fenêtre je domine le Tage et sa rive gauche.
Quel dommage qu'il y ait ici, comme en Espagne, antipathie contre les arbres ! Je me flat-
tais que pendant un siècle de domination , les
Anglais auraient orné d'arbres, de bosquets,
de jardins et de maisons de campagne, les
bords de ce fleuve majestueux ; mais ils ont
joui du Portugal en usufruitiers. Plus égoïstes
que les moines, ils n'ont pas fait une seule
amélioration durant le grand nombre d'années qu'ils ont possédé cette colonie.....

J'entends non loin d'ici la musique guerrière
qui fait retentir l'hymne constitutionnel : adieu
aimable lady, je cours m'électriser. Vive la
liberté ! au moins elle vit au milieu des chants,
des hymnes et des jeunes gens..... Adieu ,
adieu.

P. S. Je rentre chez moi un peu mortifié! la musique de l'hymne est belle, quoiqu'elle soit plus sentimentale que guerrière ; mais la poésie est indigne de la patrie de Camoëns :

« *Ia pouco tardà o momento*
« *Da nossa consolazaó,*
« *Em que ha de bahar dos Ceos*
« *A nossa Constituiçaó* (1). »

Pourquoi faire descendre la Constitution du Ciel ? Ils ne sont plus ces temps de Moïse et de la nymphe Égérie! Et d'ailleurs, une loi rédigée par un congrès de représentans du peuple n'a-t-elle pas par elle-même un caractère assez auguste et assez vénérable? Il n'est plus nécessaire de faire faire un miracle au Ciel, lorsque les hommes peuvent le faire eux-mêmes.

Je suis toujours votre très-affectionné....

_____

(1) Il ne peut tarder ce moment qui doit faire notre consolation, dans lequel notre Constitution doit nous arriver du Ciel.

~~~~~~~~~~~~~~~~~~~~~~~~~~~~~~~~~~~

## LETTRE III.

Lisbonne, 24 février 1822.

Je me sens ce matin beaucoup plus *libéral* qu'à l'ordinaire. Je ferais volontiers un cadeau à tous les cabinets de l'Europe d'une histoire complète du Portugal. Pourquoi s'étonnent-ils que cette nation ait suivi l'exemple de l'Espagne en proclamant une Constitution ? Le Portugal a toujours imité l'Espagne. Comme l'Espagne, il a reçu et secoué le joug des Romains ; comme l'Espagne, il a obéi aux Goths, et fut soumis aux Arabes ; comme l'Espagne, il a institué l'inquisition et brûlé les infidèles ; comme l'Espagne, il a dressé des bûchers pour les hérétiques ; comme l'Espagne, enfin, le Portugal a été, dans ces derniers temps, envahi par les Français, et, comme elle, il les a repoussés. Les mêmes sacrifices ont donc mérité au Portugal la même récompense.

La révolution faite à Oporto, le 24 août 1820, n'est-elle pas semblable, dans ses motifs et dans son exécution, à celle qui eut lieu

en 1640 ? A cette époque la patrie gémissait
sous le joug des Espagnols : pour la sauver,
quelques *fidalgues* (1) se réunissent à Lisbonne ; ils déposent les autorités espagnoles
et placent sur le trône le duc de Bragance ,
qui y prétendait ; aussitôt après , les cortès du
royaume sont convoquées et ordonnent d'obéir
au nouveau gouvernement.

En 1820 , le Portugal gémissait pareillement
sous l'influence anglaise : quelques propriétai-
res et quelques fidalgues se réunissent à Oporto
pour délivrer leur patrie ; ils déposent la régence de Lisbonne , rappellent en Europe leur
roi exilé dans le Brésil par l'Angleterre , et
réunissent les cortès pour poser les bases d'un
nouveau gouvernement.

Si donc on a prodigué tant d'éloges à la
révolution de 1640 , pourquoi ne pas en donner aussi à celle qui vient d'avoir lieu ? Est-
ce , peut-être , parce que les révolutionnaires
d'Oporto ont proclamé le régime constitutionnel ? Mais ce régime n'est cependant pas une
machine infernale , il n'est pas même une in-
vention nouvelle. Dès le onzième siècle , il
existait déjà en Portugal des états généraux,

---

(1) Gentilshommes.

soit cortès , composés du haut clergé , de la haute noblesse et des députés de quelques villes. Les Portugais ont devancé les Anglais dans le gouvernement représentatif. Il n'y a guère qu'un siècle que ces états généraux n'ont été convoqués ; mais ils ne furent abolis par aucun roi. C'est ainsi que , le droit d'établir les impôts appartenant exclusivement aux cortès , Jean V, dans le siècle dernier , n'osant les demander de sa propre volonté , les exigeait hypocritement comme prorogation des anciennes taxes , jusqu'au moment où les états généraux seraient réunis. La reine , mère du roi actuel , fut le premier et le seul souverain qui fixa les impôts de sa volonté absolue , et sans aucune restriction. Or donc , le rétablisement des cortès en Portugal n'est autre chose que la restauration du peuple portugais dans ses anciens droits.

Et savez-vous quelle fut la profession de foi politique que les cortès de 1640 firent imprimer en latin , afin qu'elle circulât dans tout le monde , avec l'effigie du roi , à qui elle était dédiée? La voici :

« 1°. Que le pouvoir des rois réside dans les peuples , et qu'ils le reçoivent directement des peuples.

« 2°. Que ce pouvoir est conféré aux rois

temporairement, les peuples pouvant toujours le reprendre, lorsque cela devient nécessaire pour leur légitime défense et conservation , et toutes les fois que les rois s'en rendent indignes par leur administration.

« 3°. Que les royaumes et les peuples peuvent rompre leur serment et se relever de l'obéissance envers les rois qui ne gouverneraient pas avec justice. »

Tels sont les articles de foi que les vieux Portugais professaient un siècle avant qu'il n'y eût des philosophes, des jacobins, des libéraux, des carbonari, etc.

Ou les cabinets de l'Europe sont bien ignorans, ou ils croient les libéraux bien ignorans. Ils nous accusent d'être les inventeurs de principes politiques pervers, tandis que tous les siècles et tous les peuples passés ont professé un droit public bien plus dégagé de préjugés que le nôtre.

Du temps des Romains, le mot de république ne faisait dresser les cheveux sur la tête de personne ; le régicide était un des commandemens du décalogue des Romains. Les Goths furent des jacobins, puisque dans leurs assemblées militaires ils nommaient , déposaient et jugeaient leur roi. Charlemagne était un jacobin, puisqu'il réunissait aux Champs de Mai le corps législatif de l'Empire. Les papes, qui détrônaient les rois et donnaient des coups de pied aux empereurs d'Allemagne, étaient des jacobins. Les conciles, qui faisaient et renvoyaient des papes, et les diètes polonaises, qui ne reconnaissaient pas la légitimité des dynasties, étaient aussi des jacobins. Alexandre III, qui donna la bénédiction à la ligue des républiques lombardes, et qui excommunia Frédéric Barberousse, était un carbonaro. Jules II, qui criait encore en se mourant : *Hors de l'Italie les barbares!* était un carbonaro; enfin, les Guelphes des temps moyens, qui ne voulurent jamais supporter le joug des Autrichiens, furent tous des carbonari.

Ne devinez-vous pas, mon aimable Jenny, que toute cette dissertation historique est un hommage que je vous rends? Pensez-vous, peut-être, que j'ai oublié que, dans votre petite république d'amazones, vous réunissez à la charge de ministre des affaires étrangères l'emploi honorifique d'historiographe? C'est votre faute si j'ai trouvé du plaisir à être ministériel pendant un quart d'heure.

Si les voyageurs écrivaient que Lisbonne est habité le jour par des hommes et la nuit par des chiens, ils diraient la vérité. Quels écla-

tans services ont donc rendu les chiens à cette
ville, pour y être mieux traités que les oies
sauveurs du Capitole ? Sur la place de *Cascio-
drè*, où j'habite, se réunit, pendant la nuit,
une cohorte de chiens, qui, par leurs aboie-
mens continuels, éveilleraient Enoch et Élie.
Je n'ai pu dormir un seul instant, et je hais
maintenant tous les chiens, y compris le dieu
Anubius. Ne m'accusez donc point d'incivi-
lité si je n'envoie ni une caresse, ni même un
seul compliment pour les trois chiens qu'on
trouve dans la maison O.... et qui vivent chez
vous, couchés sur un canapé comme un pacha
à trois queues, jouissant de l'infaillibilité et de
l'inviolabilité que leur accorde la Constitution
de votre république.

Votre très-affectionné....

~~~~~~~~~~~~~~~~~~~~~~~~~~~~~~~~~~~~~~~~~~~~

# LETTRE IV.

Lisbonne, 26 février 1822.

AVANT-HIER, enfin, j'ai pu assister à une séance des cortès. J'ai peut-être mis quelque retard à jouir de ce spectacle ; mais en épicurien, je me réserve les plaisirs les plus grands pour les derniers.

Les cortès se réunissent dans un ancien couvent qui domine sur le Tage. Un couvent n'est pas, à la vérité, une résidence convenable pour la souveraineté du peuple ; mais la situation ne pouvait être plus propre à inspirer aux députés portugais le sentiment de la gloire et du bonheur de leur nation : ils siégent vis-à-vis le lieu d'où partit la fameuse escadre de *Vasco de Gama*.

L'entrée des galeries ressemble trop à un théâtre de bateleurs, et j'ôterais volontiers les tapisseries qui les décorent aussi peu convenablement. La salle est grande et simple ; aucun ornement ne distrait le spectateur de l'attention que lui commandent cent quarante têtes aux-

quelles Michel-Ange n'aurait su donner une
expression plus énergique. La discussion était
déjà commencée lorsque j'arrivai. Les orateurs
parlent presque tous avec beaucoup de facilité.

Il est assez remarquable qu'un peuple qui
n'a jamais pu cultiver l'éloquence de la tribune puisse s'exprimer aussi aisément. On
doit attribuer cette facilité à la langue portugaise et à l'imagination prompte des peuples
du midi. Tous les peuples sont poëtes, mais
ceux du midi seuls sont improvisateurs. La
langue portugaise n'est ni aussi sonore ni aussi
majestueuse que celle des Espagnols.

J'étais occupé à observer une à une toutes
ces figures brunes aux sourcils arqués, aux
yeux longs et très-noirs, lorsqu'un député, en
se levant, appela sur lui toute mon attention.
Les traits de son visage étaient austères et for-
tement caractérisés; ses yeux étaient de feu,
ses cheveux courts, hérissés, commençaient à
blanchir. Son teint était d'un brun prononcé;
sa voix retentissait comme l'éclat de la foudre;
ses idées étaient claires, ses phrases concises et
nerveuses. On ne trouvait dans ses discours
ni parenthèses, ni circonlocutions; il n'offen-
sait ni ne flattait personne; il semblait ne pas
songer à l'impression qu'il produisait sur l'auditoire, et, le regard fixé sur le président, il

n'était attentif qu'à l'inspiration de sa con-
science. A la vue de cet orateur , je remarquai
sur toutes les figures des auditeurs un sourire
de satisfaction mêlé de respect.

Ne pouvant plus long-temps contenir ma
curiosité , je demandai le nom de ce député.
C'est, me répondit-on, Thomas Fernandez, le
père de notre révolution. Ce fut lui qui en con-
çut le dessein, qui en fit part à ses amis, et
qui s'unit à eux pour l'exécuter. C'est un de
nos plus savans jurisconsultes. Sous la ty-
rannie, il fut inflexible; il est resté modeste
dans le triomphe de la révolution. C'est un
homme intègre dans ses mœurs, sévère dans
ses manières ; c'est, en un mot, notre Caton.
Son existence entière a été consacrée à la patrie. Il dédaigne les faveurs de la cour, et n'am-
bitionne point les faveurs du peuple. Vous le
croiriez un homme d'une santé très-robuste ;
mais l'étude a affaibli son tempérament ; il est
souvent malade , et les jours de sa maladie sont
des jours de tristesse pour le peuple de Lisbonne, dont il est l'idole.

Après lui se leva un autre personnage d'une
plus haute stature, lent dans son débit, mais
impétueux, entraînant, irrésistible dans ses
idées. J'entendis prononcer le nom de Borges
Carneiro. Ce député provoque fréquemment

l'enthousiasme de l'auditoire ; ses motions sont toujours audacieuses et secondent les passions populaires.

Le troisième qui prit la parole fut un prêtre revêtu encore des ornemens pontificaux, petit de stature, chauve et d'une voix frêle. La discussion était ouverte sur un règlement militaire, et il en parlait sans être étonné. Je demandai à mon voisin si ce prêtre, qui se mêlait d'affaires militaires, était un templier. Non, me répondit-il en souriant : c'est Castello Branco, professeur à l'université de Coïmbre ; c'est un de nos plus grands érudits. Avant la révolution, il était membre de l'inquisition ; aujourd'hui il consacre son éloquence encyclopédique à la défense de la liberté. — Le parti servile ne parle donc jamais, ajoutai-je ? — Jamais, me répondit mon voisin : il est muet, mais il n'est pas sourd.

Quoique la distance de la Cité-Neuve au palais des cortès soit d'une bonne lieue, les galeries consacrées au public étaient remplies. L'ordre et la tranquillité la plus parfaite y règnent ordinairement ; mais ce jour-là, Audrada, député du Brésil, s'étant levé pour combattre l'opinion de l'orateur favori Borges Carneiro, le peuple, ému pour son tribun, commença à s'agiter. Ce député le contint aussitôt par cette

apostrophe : « Vous devez rester ici dans
« les limites du respect. Aux élections, vous
« êtes rois ; vous êtes sujets dans cette en-
« ceinte. »

Je veux vous raconter une anecdote qui vous
prouvera combien les députés portugais sont
remplis de leur propre dignité. Avant la révolution, le roi était dans l'usage de donner sa
main à baiser à tous ceux qui se présentaient
devant lui. Cet usage était sans doute ridicule,
mais pourtant moins indécent que celui établi
par les papes de donner à baiser une pantou-
fle. Lorsque le roi entra pour la première fois
dans le sein des cortès, oubliant qu'un député
est, lui aussi, un souverain, S. M. offrit sa main
à baiser au premier d'entre eux qui l'approcha.
Celui-ci fit semblant de croire que le roi dési-
rait d'être soutenu, lui prit la main, la posa
sur son bras, et monta les escaliers avec S. M.

Les cortès extraordinaires sont installées depuis le 26 janvier 1821, pour rédiger la Constitution sur les bases fondamentales déjà ap-
prouvées et jurées par le peuple et par le roi :
ce travail pourra être terminé dans le mois
d'août prochain. L'expérience fournie par l'Espagne a guidé les législateurs portugais. Cette
nouvelle Constitution contient tous les *errata-*
*corrige* dont celle de Cadix a besoin. Le roi

conserve le titre de roi ; mais son pouvoir ne
sera pas plus grand que celui d'un doge. Tant
mieux pour lui , parce qu'il ne sera véritable-
ment infaillible que lorsqu'il ne pourra plus
être à même de faire mal.

Le congrès entreprend lentement les réformes : on dirait qu'il a adopté la maxime de bâtir
avant de détruire. La seule amélioration qui ait
jusqu'à ce jour blessé quelques intérêts privés ,
c'est la loi qui réduit les droits seigneuriaux à la
moitié. Les moines et les majorats sont encore
intacts, ainsi que les scandaleuses richesses du
haut clergé. Les commanderies mêmes ne sont
dévolues à l'État qu'après la mort des titulai-
res. La direction de la police et ses gendarmes
sont également intacts. Ce n'est pas que le congrès se flatte de désarmer les ennemis de la liberté par sa longanimité ; mais , ainsi que je
vous l'ai déjà dit , il a besoin de gagner du
temps et d'augmenter sa force avant de lutter.

Ici mon imagination et mon cœur m'entraî-
nent à faire de nouvelles applications à l'Italie. Lorsque je considère les difficultés physi-
ques et morales que les autres nations rencon-
trent pour établir le régime constitutionnel,
je ne puis m'empêcher de m'emporter contre
le destin qui persécute ma patrie. Y a-t-il au
monde une terre plus propre pour faire croître

et prospérer l'arbre de la liberté? Le Piémont
excepté , où quelques-unes des gothiques institutions qui avaient été détruites ressuscitèrent
en 1814 , quelle est en Italie la masse d'intérêts et de préjugés contre lesquels le régime
constitutionnel aurait à se heurter ? Vous
l'avez parcourue , toute cette belle Péninsule ,
et vous pouvez certifier , Jenny , que , dans
cinq des parties de l'Italie , il n'existe plus ,
depuis long-temps , ni fiefs , ni majorats , ni
priviléges de noblesse, ni riches corporations,
ni grasses communautés , ni un trop grand
nombre de prêtres. Toutes ces réformes ont
été commencées vers la moitié du siècle dernier et achevées par Napoléon. Si la tendance
vers un gouvernement adapté à la civilisation
de la population constituait un droit , aucun
peuple , après le peuple français , ne peut se
vanter d'avoir autant de droit que l'Italie à un
régime constitutionnel. Supposez que des *Vé-
pres siciliennes* fassent disparaître du sol italien les quatre-vingt mille Autrichiens qui l'in-
festent ! le lendemain on pourra y établir un
gouvernement représentatif sans aucune violence et sans la moindre opposition.

Je suis , etc.

~~~~~~~~~~~~~~~~~~~~~~~~~~~~~~~~~~~~~~~~~~

# LETTRE V.

Lisbonne, 5 mars 1822.

N'enviez point mon oisiveté, aimable Jenny : elle est punie par l'ennui. Ce n'est pas ma faute, mais bien celle des trois cent mille habitans de cette ville, qui ne savent nullement embellir le cours de la vie. Le théâtre de l'opéra italien est fermé ; et l'on représente encore les mystères de la passion, les vies des saints, les martyrs, etc., sur celui de la comédie portugaise : autant vaut assister à une messe. Les promenades sont désertes, et j'ai lieu de croire que, depuis le tremblement de terre de 1755, les dames de Lisbonne ne sont plus sorties de leurs maisons. L'unique passe-temps qui m'ait été offert est celui d'une procession qui a lieu à quatre heures de l'après-midi, dans laquelle on représente la passion de N. S. J. C. Le peuple de Lisbonne semble avoir une grande *passion* pour cette Passion. C'est seulement durant cette procession que les fenêtres se remplissent de jolies têtes, aux

lèvres gonflées, aux yeux grands et noirs : les
rues sont alors remplies d'une foule innombrable. Le héros de ce spectacle est un Jésus de
la stature de Goliath, qui succombe sous le
poids d'une croix énorme. A en juger par la
longue chevelure noire de ce Jésus, et par la
couleur brune de son visage, on dirait que le
Christ était Portugais et non Nazaréen. Une
foule de femmes le suivaient en pleurant et en
sanglottant de toutes leurs forces ; elles portent un mouchoir de mousseline blanche sur
la tête et marchent enveloppées dans leur capote de drap brun. Les femmes du peuple, en
Portugal, sont habillées comme des religieuses.

Un général anglais du dernier siècle disait
qu'il n'avait jamais vu un moine portugais qui
n'eût la mine d'un soldat, ni un soldat qui
n'eût la figure d'un moine. La première partie
de cette assertion est vraie encore aujourd'hui.
Les moines que j'ai vus passer à cette procession
portent la tête haute et marchent d'un air
triomphal comme des grenadiers qui défilent
à la parade. Mais pourquoi s'étonner que les
moines soient si fiers et si hautains, puisque
le peuple, les ministres et le roi même, étaient
si humbles avec eux? Pourquoi ne doivent-ils
pas être orgueilleux de penser que trois millions de Portugais naviguaient et suaient cons-

3

ramment pour les enrichir? Les seuls édifices
remarquables du Portugal sont des couvens.
Celui qui voit l'Escurial en Espagne, et le
couvent de Mafra en Portugal, ne peut s'empêcher de reconnaître que les Espagnols et les
Portugais n'ont conquis l'Amérique que pour
le bien-être des moines. Les moines de Saint-
François ont fait bâtir à Lisbonne un vaste
couvent qui resta seul debout au milieu des
ruines amoncelées par le tremblement de terre
de 1755 : je n'ai pas besoin de vous dire que ce
ne fut pas par un miracle de Saint-François,
mais bien parce que, les moines n'y ayant rien
épargné, les murs et les voûtes avaient la so-
lidité d'une forteresse.

Mais quoique les moines du Portugal aient
bâti leurs couvens pour l'éternité, j'aime à
croire qu'ils ne seront pas éternels eux-mêmes.
Le marquis de Pombal, qui ne voulait partager son despotisme avec qui que ce soit, fut le
premier qui donna le coup mortel aux moines ;
et, tandis qu'il persécutait, calomniait et faisait pendre les nobles les plus puissans, il faisait pendre aussi le père Malacrida, il bannis-
sait les jésuites et défendait aux autres ordres
de faire prendre l'habit. Le marquis de Pombal, avec sa toute-puissance ministérielle, af-
faiblit l'influence des moines, et aplanit ainsi

la route aux réformes de la révolution. C'est peut-être par ce motif que les cortès, ayant trouvé le nombre et le pouvoir des moines bien diminués, jugèrent à propos de ne pas les supprimer : de sorte que le roi de Portugal peut encore prendre sans hypocrisie le titre de majesté très-fidèle.

Les moines et la superstition sont toujours la cause et les effets ; mais si le Portugais est un peuple tant soit peu superstitieux, il n'est cependant pas fanatique. Ainsi, par exemple, lorsque le vent souffle violemment à la partie de l'est, quelques gens du peuple courent sur certaines éminences pour voir si le roi Sébastien, qui mourut en 1568 dans une bataille contre les Maures, retourne de l'Afrique. Jusqu'à ce jour, saint Sébastien est encore à retourner ; malgré son retard, ses sectateurs ne l'insultent pas, comme ont l'habitude de le faire les lazzaroni lorsque saint Janvier ne veut pas manifester le miracle de l'ébullition du sang.

Ce qui incommode le plus les étrangers dans la ville de Lisbonne, c'est le Saint-Esprit. Il se promène nuit et jour dans les rues au son d'un tambour et d'une cornemuse, et fait baiser à tous les passans un tapis crasseux. *Ce Saint-Esprit*, dirait un Français, *ne manque pas d'esprit*, puisqu'il quête au son de l'hymne patriotique.

Ne m'avez-vous pas écrit, il y a quelque temps, que votre famille était dans l'intention de visiter le Portugal ? Si cette curiosité ne s'est pas éteinte, il est bien que vous sachiez pour votre tranquillité que l'on ne brûle plus aucun hérétique dans ce pays : au contraire, tant à Lisbonne qu'à Oporto, vous autres Anglais êtes distingués parmi tous les éthérodoxes, et vous y avez cinq cimetières. On espère qu'incessamment il sera fait au sein des cortès la motion pour permettre la rentrée des juifs. Combien d'enfans d'Israël voudraient se réunir à ceux des descendans de leurs parens qui ont embrassé le christianisme pour ne pas être brûlés ! Si tous les cultes étaient tolérés en Portugal, on n'y verrait plus autant de déserts, on n'y manquerait plus de blé pour le quart de la population, et ce royaume possèderait quatorze manufactures, les plus essentielles pour un état civilisé, dont il est privé en ce moment. Les quatre à cinq mille Allemands et Suisses qui s'embarquent tous les ans pour l'Amérique septentrionale préféreraient sans doute le climat délicieux du Portugal et son sol si prodigieusement fertile.

Votre très-affectionné....

~~~~~~~~~~~~~~~~~~~~~~~~~~~~~~~~~~~~~~~~~

## LETTRE VI.

Lisbonne, 12 mars 1821.

Je vous écris quelques lignes à la hâte, belle
Jenny, afin de vous prévenir que je m'embar-
que ce soir avec un de vos aimables compatriotes que j'ai connu à Madrid. L'amitié de
M. Bowring m'a ensorcelé. M. Bowring est
un modèle de l'amabilité française entée sur
un caractère anglais. Il parle un grand nombre de langues, il a voyagé dans toutes les parties de l'Europe ; il est poëte éloquent, amant
de la liberté, ami des Espagnols, ami de M. Ben-
tham. Il converse avec grâce, discute avec ur-
banité et souffre avec patience mes diatribes
contre le genre humain, et contre le Ciel et
la terre, de ce qu'ils ne viennent pas au secours
de l'Italie. Trouverais-je jamais un compagnon
de voyage plus engageant ? Il porte toujours
sur lui un *album* dans lequel il recueille les
souvenirs des libéraux les plus distingués de
de l'Europe. Nous nous disputons quelquefois
parce que j'appelle cet album un *martyrologe.*

En effet, les libéraux européens ne sont-ils pas encore à l'époque du martyre?

Nous emporterons dans notre voyage une édition complète des poésies de Camoëns. Combien j'éprouve de sympathie pour ce poëte soldat, le plus malheureux de tous les poëtes! Je fais toujours volontiers l'aumône aux légions de mendians que l'on rencontre dans cette ville, parce qu'il me semble voir à tout instant l'Indien Jaô, qui, pendant plusieurs années, demanda la charité pour nourrir son infortuné maître, l'immortel Camoëns. Le chantre de la Lusiade est mort dans un hôpital, sans avoir un seul drap pour se couvrir, et l'on ignore même le jour et le mois dans lequel il rendit le dernier soupir. La liberté vient de faire renaître l'enthousiasme national pour le Camoëns : le second jour de la régénération du Portugal, le général Sepulveda inséra quelques-uns des vers de ce poëte dans une proclamation adressée à la nation.

Ne croyez pas, aimable Jenny, que l'amitié de M. Bowring soit le seul aimant qui m'attire à Londres. La curiosité, le besoin de connaître votre patrie, ce peuple chez lequel les femmes sont si instruites, si douces et un peu romanesques, ainsi que je l'ai appris en vous

connaissant, ont aussi une grande part à mon
voyage.

Je ne resterai à Londres que très-peu de
temps. Écrivez-moi à Lisbonne vers la fin d'a-
vril ; j'y serai infailliblement de retour à cette
époque.

Adieu , belle lady, croyez-moi toujours

Votre très-affectionné......

~~~~~~~~~~~~~~~~~~~~~~~~~~~~~~~~~~~~~~~~~~~~~~~~~~~~~~

## LETTRE VII.

Lisbonne, 10 mai 1822.

Me voici de retour à Lisbonne ; mon existence se dilate et s'accroît de nouveau, tant il
m'a semblé d'être devenu un atome durant le
mois que j'ai vécu à Londres. Dans ce tourbil-
lon de grandes choses, de grands hommes et
de grands événemens, il faudrait être un Ta-
merlan ou. . . . . . . . une pyramide d'Égypte
pour ne point s'oublier soi-même.

Je n'ai pas trouvé *John Bull* ni aussi gros-
sier, ni aussi intolérant qu'on nous le dépeint.
Il est vrai qu'il regardait avec une curiosité
ironique une redingotte à la française que je
portais ; mais il ne m'a jeté ni pierres ni boue.
Jonh Bull a de l'embompoint ; il est robuste,
bien nourri, bien habillé, bien logé ; je doute
cependant qu'il soit heureux : il travaille trop,
et se condamne lui-même à un travail perpétuel pour boire du thé deux fois par jour, pour
étendre du beurre sur son pain, et pour être
mis élégamment. Dans tout cela, je ne vois

pas que John Bull soit un bon calculateur.

Après six années de séparation, avec quel plaisir j'ai embrassé à Londres notre commun ami Hugues Foscolo! C'est le littérateur italien que j'aime le plus. Avec son roman de Jacob Ortis, il a ouvert aux Italiens une nouvelle carrière de gloire, et a enseigné le moyen de réveiller la sensibilité et l'enthousiasme, qui sont les deux qualités nécessaires à une nation qui veut acquérir l'indépendance et la liberté. J'aime aussi Foscolo parce qu'il n'a jamais fléchi le genou devant l'idole qu'ont encensé tous les souverains de l'Europe. Il habite près du *Regent-Park* ; sa maison est isolée et presque au bord d'un canal trouble qui ressemble au Léthé. L'on pourrait appeler sa maison un ermitage, si on n'y trouvait pas deux jeunes, jolies et modestes gouvernantes. Hugues Foscolo fait cependant le même mauvais calcul que John Bull. Pour vivre dans l'aisance, il est obligé de travailler nuit et jour pour les journaux littéraires de Londres. C'est une trop grande peine pour si peu de gloire. Il aurait dû préférer de vivre sur le haut d'un clocher, comme un moineau solitaire, afin de faire une guerre éternelle aux Autrichiens qui l'ont horriblement calomnié, et l'ont forcé à quitter sa patrie pour sauver son honneur.

Les Portugais disent beaucoup de mal de Wellington, et beaucoup plus de mal encore de Béresford; mais en revanche ils disent beaucoup de bien de Wilson. Les Lusitaniens, qui ont infiniment de l'orgueil, ne peuvent pardonner aux deux premiers d'avoir voulu en avoir plus qu'eux. Wilson, au contraire, par sa popularité, par sa valeur chevaleresque, et par la justice qu'il a rendue publiquement à l'intrépidité des soldats portugais, a laissé parmi eux un souvenir qui leur est agréable. Je devais donc être impatient de connaître personnellement ce guerrier, ce chevalier errant de la liberté. Son courage doit être porté jusqu'à la témérité. N'avez-vous pas remarqué comme tout son corps est penché en avant, dans l'attitude d'un hussard qui charge l'ennemi? Votre roi l'a destitué de son grade de général, parce qu'il a empêché qu'on égorgeât son peuple; mais Wilson en est largement récompensé : il a reçu un *brevet* de tous les peuples libres.

J'ai assisté à votre parlement : il n'inspire aucun intérêt; on prévoit d'avance l'issue de toutes les discussions; la disproportion des forces entre le ministère et l'opposition est trop grande; il ne peut y avoir dans les débats aucune suspension de l'âme, aucune incerti-

tude pour savoir lequel des deux partis rem-
portera la victoire ; il ne peut y avoir, en un
mot, aucun intérêt dramatique. Le ministère
ne peut être battu ; il ressemble à ces paladins
de l'Arioste, que leurs armures rendaient invulnérables ; le lecteur ne sent jamais son
cœur palpiter pour eux, et leurs combats de-
viennent inutiles et ennuyeux.

Combien le Panthéon de Westminster me
plaît ! Je le considère comme la république des
morts : là se trouve la véritable démocratie
des tombeaux ; là reposent, sous les mêmes
arches gothiques, les cendres des comédiens,
des rois, etc., etc. Je restai long-temps en
extase devant le buste de l'Italien de Paoli ,
et ce n'est pas sans faire quelque comparaison
que j'ai lu dans l'inscription , qu'après avoir
vainement tenté de donner l'indépendance à
la Corse, sa patrie, contre Gênes et la France ,
de Paoli se réfugia en Angleterre, où il fut
accueilli et pensionné par le roi. Pourquoi les
réfugiés italiens d'aujourd'hui , qui ont aussi
tenté sans succès une entreprise plus grande et
plus généreuse, trouvent-ils en Angleterre
l'*alien bill* qui leur pend sur la tête comme
l'épée de Damoclès, au lieu de la protection
accordée à de Paoli ?

Quant au séjour de Londres, je dois vous

avouer que le silence de vos rues et la tranquillité de vos maisons m'oppressaient l'âme.
Le bruit, les chants, le babil, sont presque un
besoin pour un habitant du midi. Nos paysan-
nes italiennes chantent en chœur sous les
rayons ardens de la Canicule. En Espagne,
encore plus qu'en Portugal, le peuple chante,
siffle et trépigne même pendant la nuit. Mais
dans un seul mois de séjour, puis-je avoir ac-
quis le droit de critiquer l'Angleterre ? Non,
aimable lady, je ne puis ni ne veux dire du
mal de votre patrie.

Depuis plus d'un an, je suis tellement ha-
bitué aux révolutions, aux rébellions et aux
séductions, que j'oubliais presque de vous dire
que l'on vient de déjouer une conspiration
tramée par les *Corcundas* de Lisbonne. Savez-vous quels sont ceux qu'on appelle ici
*Corcundas ?* Ce sont les partisans du despotisme. *Corcunda* veut dire bossu. Jamais sur-
nom ne fut mieux adapté : car les adulateurs,
les serviles, tous les courtisans, à force de se
courber, devraient devenir bossus. Ces bossus
ne peuvent rester tranquilles : ils cherchent
constamment à étouffer la liberté dans le sang.
Ils subornèrent environ cinq cent soldats récemment licenciés, et les excitèrent à envahir
le privilége que les *Galliegues* ont depuis

long-temps d'être les seuls porteurs d'eau de Lisbonne. L'intention des *Corcundas* était d'exciter du tumulte dans la ville et de diriger ensuite à leur gré la fureur populaire.

Mais le génie de la liberté, qui veille toujours, prévit le danger et le repoussa ; en un instant la troupe s'empara de tous les postes les plus importans ; Sepulveda accourut sur tous les points ; l'attitude déterminée de la garnison épouvanta et dispersa les séditieux. Le ministre de la justice a fait des découvertes importantes : le danger était beaucoup plus grand qu'il n'avait apparu, et la trame beaucoup plus étendue qu'on ne le supposait. Les principaux acteurs, aussi nombreux que puissans, restèrent cachés derrière le rideau. Le ministre demanda aux Cortès le pouvoir extraordinaire d'éloigner de la capitale pour un mois toutes les personnes suspectes. Le péril était si urgent qu'aucun député ne combattit cette loi, qui peut devenir un fatal antécédent. Au reste, le caractère loyal du ministre Silva da Carvalho est aujourd'hui une garantie contre l'abus de cette loi.

Nous apprenons dans ce moment, que le même jour, à la même heure et sous le même prétexte, une semblable conspiration a éclaté à Opporto, où elle a été comprimée aussitôt.

Combien il faut de peine , de prudence et d'énergie pour consolider l'arbre de la liberté ! A combien d'orages n'est-il pas exposé avant d'étendre ses racines ! Mais le despotisme n'a-t-il pas eu plus de peine encore pour s'affermir ? Combien de conjurations n'a-t-il pas éventées ! et combien il a dû prévenir des révolutions avant de pouvoir établir ses fondemens sur les ruines de la liberté ! Les Médici, à Florence, ne furent-ils pas, pendant un siècle, en proie à toute espèce de dangers avant de jouir du pouvoir absolu avec sécurité ? Charles V en Espagne n'eut-il pas à soutenir la guerre contre *los Comuneros*, Philippe II, celle de Flandres , et Philippe IV, celle de Catalogne , avant de devenir *Senóres de vidas y haciendas ?* Quelle oposition ne rencontrèrent pas Richelieu, Mazarin et Louis XIV, pour fonder la monarchie absolue !

Adieu , belle Jenny , je suis toujours votre affectionné.

# LETTRE VIII.

Lisbonne., 17 mai 1822.

On a célébré hier dans cette capitale l'anni-
versaire de la naissance du premier libéral du
royaume : c'est ainsi que les libéraux appellent
Jean VI, leur roi, qui n'a cessé de mériter ce
beau nom. Depuis un an, il a juré d'être constitutionnel, et jusqu'à présent sa conduite a
été irréprochable. Une année de fidélité, à
quelque chose qu'elle se rattache, est toujours
un grand mérite.

Le roi a assisté à la revue des troupes, es-
corté par les premiers libéraux du Portugal,
et ayant toujours à ses côtés le général Sepulveda : il ne pouvait choisir un meilleur ange
gardien. Lors même que le roi n'aurait été
qu'un stupide perroquet, il aurait néanmoins
appris hier l'hymne patriotique par cœur ; car
cet hymne a été chanté sous ses fenêtres pendant plus de deux heures consécutives.

L'attitude des troupes ne pouvait être plus
martiale : les soldats, droits comme des lignes

perpendiculaires, dans une tenue très-propre,
et portant une espèce de schakos en pain de
sucre, semblaient être formés par la discipline
anglaise. Suivant l'usage, le canon nous a
étourdis toute la journée, afin de nous égayer,

Jean VI passa sa journée d'hier en *aimable
étourdi :* le soir il se rendit au théâtre, et vers
les onze heures, il alla assister, avec ses filles
et le duc Michel, au bal que lui avait dédié la
société portugaise. Cette revue était beaucoup
plus agréable que celle du matin. Toutes les
dames de Lisbonne étaient rangées sur trois
files dans un grand salon ; le nonce apostoli-
que voulut, lui aussi, être du siècle : avec ses
cheveux poudrés et sa figure rubiconde, il do-
minait sur les dames comme une tulipe au milieu des violettes. Qu'ils sont beaux les yeux
des Portugaises? Ils ont autant d'éclat que les
diamans dont toutes les mains et tous les cous
étaient surchargés ; j'en vis une si grande quan-
tité, que j'en étais ébloui. On me fit remarquer
que deux des plus élégantes dames n'avaient
pas, comme toutes les autres, un diadème en
diamans, et l'on me dit qu'elles en avaient fait
un don à la patrie, le jour où la Constitution
avait été proclamée à Lisbonne.

Le costume des charges de la cour est un
habit écarlate brodé en or, qui flatte beaucoup

les regards ; mais je me suis aperçu que les gentilshommes portugais ne possèdent pas aussi bien que les courtisans français le bon ton de la cour ; ils n'ont pas cette gracieuse insolence , ni cette affectation de supériorité sur tous les héros de la terre , que doit avoir un véritable courtisan.

Si les décorations étaient toujours la preuve du mérite, j'aurais dû croire que tous les hommes illustres de Plutarque avaient été invités à ce bal ; malheureusement , je ne pouvais ignorer que les fidalgues d'aujourd'hui ont bien dégénéré de leurs ancêtres , qui combattirent en Afrique bien plus pour la gloire que pour la foi. Il est difficile de savoir positivement de quel œil ils voient la Constitution ; mais, de toutes les manières , ils paraissent plus disposés à répandre leur or que leur sang.

Les nouvelles d'Espagne empoisonnent le plaisir que j'ai goûté hier. Mes Espagnols, que j'ai jugé si sages, ont-ils perdu la tête? Ils se battent entre eux, et déjà la guerre civile agite ses torches dans la Catalogne, où les moines et les prêtres sont à la tête des bandes rebelles ! Une guerre entre des officiers et des moines est une chose tellement singulière, qu'on ne peut la voir qu'en Espagne. En

France, les officiers se font missionnaires : en
Espagne, les missionnaires se font officiers.
Je me flatte cependant que cette guerre intes-
tine ne sera pas un guerre d'opinion ; s'il en
était ainsi, plusieurs autres provinces se seraient insurgées aussi. Comment se fait-il que
les Catalans, ces défenseurs de la liberté dans
tous les siècles, aient pris les armes contre la
liberté ? Ce ne peut être que la faim ou la sé-
duction qui les entraîne sous les drapeaux des
factieux. Ce qui me chagrine, c'est de voir que
le ministère regarde avec une indifférence stupide les premières flammes de cet incendie ; il
semble n'avoir de vigueur que pour persécu-
ter les libéraux de 1820. Ce ministère aime la
Constitution et n'aime point les constitutionnels ! Si le danger pour la liberté devenait plus
grand, je partirais aussitôt pour aller partager
le sort de mes Espagnols invariables. L'Espagne n'est plus un simple lieu d'asile pour moi :
elle est ma seconde patrie, et je sens pour elle
la plus grande affection. Adieu, aimable Jenny,
dites je vous prie à votre sœur lady A... qu'elle
n'oublie pas la liberté espagnole dans ses
prières.

Votre très-affectionné....

# LETTRE IX.

Lisbonne, 20 mai 1822.

Au moment où je vous écris, un grand nombre de personnes s'embarquent sur le Tage pour se rendre à la séance des Cortès. La discussion qui doit s'y entamer est du plus haut intérêt, puisqu'il s'agit de l'indépendance du Brésil. Rio Janeiro menace de se séparer de la mère-patrie; le prince régent a lui-même levé l'étendard de la rébellion, et a obligé la garnison que le Portugal avait récemment envoyée dans cette ville à se rembarquer pour l'Europe, où elle est de retour depuis deux jours.

La cause du prince est bien différente de la cause du Brésil! Le prince est un jeune rebelle, à qui l'impatience de régner fait violer les sermens les plus sacrés, et rompre les liens de la nature et du devoir. Il est à plaindre, car il s'est fait le servile instrument de ceux des habitans qui, ayant d'abord besoin d'un point central et d'un chef, se prévalent de son ambition, pour le repousser loin d'eux aussitôt

qu'ils auront assuré leur indépendance absolue.
Les Brésiliens peuvent-ils vouloir élever un
royaume au milieu des républiques de l'Amérique Méridionale , et conserver pour leur roi
un prince européen, qui tôt ou tard, soit par
crainte ou par remords , pourrait les trahir
impunément?

Le Brésil aspirant, au contraire, à son indépendance , ne fait que prétendre à un droit
que la nature et son propre intérêt lui ont
donné. Si un des motifs qui ont fait faire au
Portugal cette dernière révolution fut le besoin de se soustraire à la dépendance absurde
du Gouvernement et de la cour qui résidait au
Brésil depuis 1806 , le même motif ne peut-il
pas militer en faveur du Brésil , dont la position est la même relativement au Portugal ?

L'union du Brésil était avantageuse au Portugal lorsqu'on traitait le Brésil comme une
colonie ; mais depuis que cette colonie est
assimilée au Portugal , son union n'est plus ni
nécessaire , ni juste. Les seuls avantages que le
Portugal puisse espérer d'une union fondée sur
l'égalité des droits, sont ceux du commerce ;
et ces avantages peuvent s'obtenir par un
traité d'alliance et de commerce.

Les Cortès ne peuvent s'empêcher de sentir
la force de ces raisons ; mais elles n'auront pas

le courage de les défendre en présence du peuple portugais, et sacrifieront leur propre sentiment au besoin de conserver la popularité! Les Portugais sont dans l'erreur en regardant la séparation absolue du Brésil comme une calamité générale. Les Cortès, pour ne pas encourir le reproche mal fondé d'avoir laissé tarir la source de la richesse et de la force du Portugal sous leur régime, ne consentiront que le plus tard possible, et lorsqu'ils y seront complétement forcés, à ce divorce inévitable. Voilà comment vous devez expliquer la contradiction que l'on remarque, dans cette affaire, entre les décisions du congrès et ses principes.

Quant à moi, je désire que cette séparation ait lieu, et surtout qu'elle ait lieu promptement; alors le Portugal ne partagera plus son attention et ses forces entre l'Amérique et l'Europe. Il entretient douze mille hommes dans le Brésil : c'est trop pour ses finances, et pas assez pour contenir une population de quatre millions et demi d'habitans, qui ont déjà sous les armes plus de vingt-mille hommes de gardes nationales. Jusqu'à ce jour le Portugal a été Américain : il est temps, enfin, qu'il rentre dans la famille européenne, avec plus d'intérêt et de moyens qu'auparavant. La discorde règne dans cette famille : il est donc urgent que

le Portugal choisisse ses amis naturels et
qu'il fasse cause commune avec eux. L'amitié
de l'Espagne doit le consoler de la séparation
du Brésil, et il doit promptement réparer le
tort qu'il a eu d'accueillir froidement la proposition d'une alliance défensive qui vient de
lui être proposée par cette nation. Lorsqu'il se
trouvera isolé, il sentira la nécessité de res-
serrer toujours davantage les nœuds fraternels
qui doivent l'unir à une puissance qui a les
mêmes intérêts à défendre, les mêmes périls et
les mêmes machinations à combattre.

On nous annonce que la paix entre la Russie
et la Turquie vient d'être conclue : je n'aurais
jamais cru qu'un *Alexandre* pût se laisser faire
peur. Ce grand homme qu'on appelait Ca-
therine II n'aurait pas laissé échapper l'occasion de faire la conquête de Constantinople,
au milieu des applaudissemens de l'humanité, et de donner ainsi l'indépendance à deux
peuples qui la méritent, les Grecs et les Italiens. La seule puissance qui pouvait s'opposer,
et qui se serait probablement opposée à cette
conquête, est l'Autriche; mais en rallumant la
révolution en Italie, où il existe tant de ma-
tières combustibles, la Russie pouvait aisément
paralyser toutes les forces de l'Autriche, et
affaiblir ainsi pour toujours son ennemie

naturelle. Les idées libérales ont sans doute effrayé la Russie : cette puissance à une opinion trop avantageuse d'elle-même ; elle se croit invulnérable contre ces idées. Les idées libérales n'ont pas , il est vrai, la rapidité des légions de Napoléon, et pourtant j'attends toujours plus des Cosaques, pour la liberté de l'Italie, que des radicaux de la Grande-Bretagne. Je n'ai donc pas perdu tout espoir. Pensez-y bien, aimable Jenny, et vous verrez que je n'ai pas tort dans mon opinion plus que bizarre. Si le cabinet Russe a protégé la révolution de la Grèce pour affaiblir le sultan, son ennemi, pourquoi ne pourrait-il pas protéger celle de l'Italie, lorsqu'il lui conviendra d'affaiblir l'Autriche ?

# LETTRE X.

Lisbonne, 25 mai 1822.

Je suis et je serai toujours le courtisan des hommes illustres : au moins avec eux on ne fait pas long-temps antichambre, et leurs audiences ne sont pas des faveurs du Ciel. Je n'ai eu aucune difficulté pour voir le général Sepulveda, le premier colonel de l'armée portugaise qui, le 24 août 1820, fit entendre, à Oporto, le cri de la liberté. Il est accessible pour tout le monde et à toutes les heures de la journée ; il est grand et svelte ; ses manières sont simples et populaires par instinct ; il est modeste et d'un abord tellement froid, qu'on le prendrait pour un Anglais ; mais au bout de quelques minutes de conversation, sa figure s'anime, ses joues se colorent, ses yeux brillent, et l'on reconnaît aussitôt un habitant du midi. Le général Sepulveda est un volcan couvert de neige. Les amis de la liberté le choisirent à Oporto pour le premier acteur de la révolution. La nature l'avait doué, pour une si grande entreprise, de la prudence qu'il faut avant d'agir, de l'audace et de l'enthousiasme nécessaires dans l'action. Lorsque la régence de Lisbonne envoya les troupes qui lui obéissaient encore contre la garnison d'Oporto, qui s'avançait sur la capitale, Sepulveda, suivi seulement des deux ordonnances, se présenta devant les bataillons de Lisbonne et les invita à s'unir aux libérateurs de la patrie. Ces troupes, étonnées de tant de hardiesse et de confiance, n'hésitèrent pas un seul instant à passer sous les drapeaux de la liberté.

Le général Sepulveda commande dans ce moment la ville de la province de Lisbonne : ce commandemant lui a été conféré sur la proposition des Cortès, et ne peut lui être ôté sans le consentement de ces mêmes Cortès. Le congrès national, en confiant ce poste délicat au général Sepulveda, a pourvu sagement à son inviolabilité, et s'est soustrait au péril d'une violence quelconque de la part du pouvoir exécutif.

Le général Sepulveda emploie tout son temps au bien de sa patrie : il pourrait vivre dans une maison de verre, car aucune de ses actions n'a besoin de rester cachée. Il est toujours entouré par ses amis. Sa conversation est constamment intéressante par la franchise et

le naturel de ses récits. Il abhorre la domination que l'Angleterre prétendait exercer sur sa
patrie ; mais dans sa haine il ne confond jamais
les individus avec le gouvernement. Hier, en
parlant avec lui de la conduite des cent cinquante officiers anglais qui servaient dans l'armée portugaise avant la révolution, il m'en fit
le plus grand éloge, sans aucune affectation de
générosité. Au premier mouvement qui eut
lieu à Oporto, les officiers anglais se retirèrent
en déclarant qu'ils ne voulaient ni ne devaient se
mêler des affaires intérieures du royaume. Les
Portugais, ne voulant pas se laisser vaincre en
générosité, leur laissèrent le choix ou de rester
dans l'armée avec leurs grades, ou de se retirer
avec des pensions analogues. Aucun des officiers anglais n'a accepté ni grades ni pensions ;
plusieurs offrirent même gratuitement leur
épée pour aider les libéraux, et continuèrent
à avoir des relations d'amitié et d'estime avec
le général Sepulveda.

Vous ne pouvez, belle Jenny, vous faire
une juste idée du plaisir que j'ai éprouvé en
écoutant ce récit : je pensais que je vous aurais
été agréable en vous faisant connaître cette
conduite chevaleresque de vos compatriotes.
Le sentiment de l'honneur et de la justice des
Anglais diffère beaucoup de celui des Suisses.

L'opinion du général Sepulveda sur le maréchal Beresford me parut également franche
et impartiale. Il lui attribue le mérite d'avoir
discipliné et aguerri l'armée portugaise. « Avant
« le maréchal Beresford, disait Sepulveda, la
« profession qui était le plus avilie en Portu-
« gal était celle des armes. Les grands de la
« cour se plaisaient à faire donner les grades
« de lieutenant et de capitaine à leurs do-
« mestiques. Beresford a soustrait les officiers
« à cette ignominie ; il nous a laissé une armée
« pleine d'honneur, qui rivalise en discipline
« et en bravoure avec les soldats anglais : et
« cela est tellement vrai, que nous n'avons fait
« aucune innovation dans les règlemens mi-
« litaires que nous devons à ce maréchal. Be-
« resford était un despote dans l'administra-
« tion, mais il était intègre. Beresford n'eut
« pas la grandeur d'âme de sauver du supplice
« le brave général Gomez Freira et douze au-
« tres officiers portugais, qui conspirèrent
« contre sa personne en 1817; mais il aura
« toujours droit à notre estime, pour nous
« avoir donné une existence militaire. »

Par l'esquisse que je vous fais de son caractère, ne pensez-vous pas, belle Jenny, que
ce jeune guerrier était digne de donner la
liberté à son pays? Les révolutions ne se font

jamais sans de grandes vertus ou de grands talens. Les despotes n'ont donc pas tort d'encourager les vices et l'ignorance.

Je suis toujours,

Votre affectionné.

# LETTRE XI.

Lisbonne, 29 mai 1822.

Pourquoi, aimable Jenny, voilez-vous vos pensées sous tant de métaphores? Si cela continue en Europe, le langage d'Ésope deviendra bientôt à la mode. Laissez tous vos hiéroglyphes; écrivez avec courage et liberté : la Constitution portugaise déclare inviolable le secret des lettres. Abandonnez donc le frein à vos réflexions, et si quelque chose de ce qui se fait ne vous plaît pas, dites-le franchement. Les Portugais ne prétendent pas d'être arrivés à la perfection : ils sont, au contraire, les premiers à déplorer leur peu de civilisation. Ils vous diront eux-mêmes en riant, et pour vous donner une idée de leur ignorance, que le Portugal a été créé quatre mille ans après la création du monde.

Il pleut à verse : sans ce déluge, qui est un grand bienfait pour cette ville, le fumier resterait dans les rues jusqu'à la fin du monde. Plus de cinquante vagabonds s'abritent en ce

moment contre les murs de mon auberge. Si
vous pouviez voir combien il y a de haillons
dans ce royaume, qui possède autant de diamans, vous en seriez effrayée. Il y a près
de 300,000 habitans dans la ville de Lisbonne;
mais je suis presque sûr qu'on n'y trouverait
pas cent mille chemises. Presque un tiers de
cette population est à moitié nu.

Malgré mes cyniques observations, il faut
convenir que le Portugal a bien mérité de l'Europe, en ce que :

1°. Les Portugais ont été les premiers à dou-
bler le cap de Bonne-Espérance, et à montrer
aux navigateurs une nouvelle route pour se
rendre aux Indes ;

2°. Qu'ils ont été les premiers, en 1760, à
détruire la monarchie universelle des jésuites ;

3°. Qu'après la malheureuse expérience de
la république française, ils ont été les premiers
à adopter une Constitution qui en approche le
plus, et qui servira un jour de modèle à beaucoup de gouvernemens européens. Ce royaume, tout pygmée qu'il est, a procuré plus
d'avantages à l'humanité que le colosse dif-
forme de la Russie et de la Pologne, et tout
l'empire d'Autriche, réunis.

Depuis 1806, le Portugal a cessé d'être ri-
che : car, dès le moment de l'émigration du

roi à Rio Janeiro, le Brésil n'a plus été une colonie, et n'a plus envoyé à la métropole le tribut annuel de trente millions de francs. Néanmoins, si le Portugal a vu se tarir la source de sa richesse, il n'est pas tombé tout à coup dans la pauvreté, comme l'Espagne après la perte de l'Amérique. Ses finances ne sont pas dans le désordre où se trouvent celles de l'Espagne; les contributions ne sont pas trop fortes, et sont payées exactement. Les dépenses annuelles de l'État ne s'élèvent qu'à cinquante millions de francs : il est vrai que les recettes n'égalent pas les dépenses, ce qui fait qu'il existe quelques millions de déficit; mais, au moyen des réformes économiques que l'on opère, l'équilibre entre les dépenses et les recettes sera bientôt rétabli. En Portugal, on n'a aucune prévention contre les emprunts : s'il était nécessaire de recourir à ce remède, les Cortès l'emploieraient sans aucune répugnance, et la banque nationale, que l'on va établir à Lisbonne, en faciliterait l'exécution.

La dette publique n'est pas encore liquidée : on présume qu'elle ne s'élèvera pas au delà de deux cent vingt millions, et elle est plus que garantie par la masse des biens nationaux.

Indépendamment des abus et des dilapidations du despotisme, la révolution a, en outre, hérité de ses honteux traités. C'est ainsi que, jusqu'à la fin de 1825, le Portugal sera soumis au traité conclu en 1819 avec l'Angleterre, par lequel il est accordé à cette puissance le monopole exclusif de tous les objets manufacturés. Le vœu des négocians est pour que Lisbonne soit déclaré port franc : ils ont raison, car la nature a fait Lisbonne pour être le grand magasin de l'Europe.

L'armée portugaise est peu nombreuse; mais les troupes qui la composent sont choisies. Les forces de terre, en Europe, ne dépassent pas vingt mille hommes; il y en a autant au Brésil, y compris la division de quatre mille hommes de Montevideo. Au moyen de quarante régimens provinciaux que l'on peut, au besoin, mettre en activité, l'armée permanente pourra s'élever à environ soixante mille hommes. Durant la dernière guerre, le Portugal entretenait sous les armes cinquante mille soldats. Mais jusqu'à ce jour, il manque dans ce royaume le grand bouclier de la liberté, la garde nationale. Les cortès ne devraient épargner aucun soin, aucun sacrifice, pour donner cette garantie à la Constitution.

La population du Portugal ne s'élève pas même à trois millions d'habitans, et cepen-

il pourrait en avoir plus du double par l'étendue et la fertilité de son téritoire. Quelques écrivains attribuent la cause de ce dépeuplement à l'émigration pour les colonies ; je crois que cette opinion est erronée. En effet, la population de la France, de la Hollande, et surtout de l'Angleterre, n'a-t-elle pas constamment augmenté malgré leurs colonies ? Quelle est la nation qui, dans tous les temps et pour des causes différentes, a éprouvé plus d'émigrations que l'Angleterre ? Et pourtant sa population a toujours augmenté. A mon avis, la véritable cause du dépeuplement du Portugal est la mauvaise administration intérieure, et le despotisme qui frappe de stérilité toutes les contrées où il règne, et qui détruit plus d'hommes que la peste d'Alexandrie. La division des propriétés, la facilité des communications, la liberté du commerce et les bonnes institutions politiques sont le secret de la multiplication du genre humain.

Le ministère actuel est énergique, actif, patriote, et loyal ; la plus grande harmonie règne entre lui et les Cortès. Le roi est invisible comme Dieu ; on sait qu'il existe, mais personne ne le voit. Tant mieux, car ce culte est plus pur et ne dégénère jamais en idolâtrie. Le roi ferme l'oreille aux conseils des perfides ;

il dit souvent qu'il n'a jamais été plus heureux
que depuis l'établissement du régime constitutionnel, puisqu'il peut dépenser sans scrupule
les sommes que la nation lui assigne.

Les corcundas sont assez nombreux ; mais
leurs efforts restent impuissans, et leurs com-
plots avortent toujours, parce qu'ils n'ont
aucun centre, ni aucun prétexte plausible pour
faire une contre-révolution. Ils ressemblent à
une horde de sauvages indisciplinés qui atta-
quent un régiment intrépide : ils périssent sans
espoir de succès.

Si la pluie continuait encore, je continuerais
aussi cette miscellanée de pensées ; mais je vais
profiter de la trêve que le ciel nous accorde
pour aller me promener sous les galeries de la
Bourse. Ces galeries font tout le tour de la
place du Commerce que le marquis de Pombal
fit construire. Je vous le répète encore, belle
lady, je ne puis vouloir du mal à ce marquis.
Je sais bien qu'il fut un desposte ; mais sous un
roi desposte, si le ministre ne l'eût pas été lui-
même, le confesseur du roi, ou son favori, ou
sa maîtresse, l'aurait été pour lui, et d'une manière moins profitable ; car le marquis de Pombal apprit aux princes de la terre que chacun
d'eux peut, s'il en a la volonté, être chez lui
le souverain pontife. Il eut le courage de faire

destituer un saint en le faisant effacer du ca-
lendrier, et ce saint était Ignace Loyola ; il
introduisit la discipline dans l'armée ; il réor-
ganisa la marine ; il tenta de secouer le joug du
commerce anglais ; enfin, il réforma l'instruc-
truction publique et l'adapta aux progrès du
siècle, de sorte que les libéraux d'aujourd'hui
ne peuvent détester sa mémoire. Il fut un tyran
bienfaisant !

Adieu, belle Jenny : rappelez-moi au souvenir de toute votre aimable famille.

~~~~~~~~~~~~~~~~~~~~~~~~~~~~~~~~~~~~~~~~

## LETTRE XII.

Lisbonne, 1ᵉʳ juin 1822.

Vous ne me dites pas un mot, aimable Jenny, de l'impression que doit avoir produite à Paris le renvoi, dans les vingt-quatre heures, du chargé d'affaires du Piémont. La France, habituée aux coups de foudre de Napoléon, n'a-t-elle pas applaudi à cet élan de la juste indignation du ministre Silvestre Pineiro? Le ministre portugais qui, l'année dernière, rendit ses lettres de créances au chargé d'affaires d'Autriche, devait-il se laisser insulter par le représentant d'un Nabab de cet empire? Quoi qu'il en soit, cette mesure honore le gouvernement : il s'est montré aussi sensible aux atteintes portées à la dignité nationale, que prompt à la venger.

La révolution port g se est entre les mains d'hommes fermes, intrépides et instruits. Comme je ne veux point vous tromper, je ne vous dirai pas que les libéraux sont en une aussi grande majorité en Portugal qu'en Espa-

gne ; mais ils suppléent au nombre par leur
union et par leur énergie. Ils serrent leurs
rangs et sont devenus invulnérables comme la
phalange macédonienne. Ils s'avancent lentement au milieu de leurs ennemis, et, comme
la colonne infernale de Fontenoy, ils renver-
sent tous les obstacles qu'on leur oppose. Les
libéraux portugais ont prévu la guerre qu'ils
auraient à soutenir : ils ont établi leur plan de
campagne et l'exécutent inexorablement. Ju-
gez si je vous dis la vérité par les faits suivans.

A peine la révolution d'Oporto éclata, que
la régence de Lisbonne offrit une amnistie à
tous ceux qui y avaient pris part, et leur promit
en même temps de convoquer les Cortès. Rien
ne pouvait être plus propre pour faire vaciller
les révolutionnaires encore incertains de la
victoire ; mais les libérateurs d'Oporto ne se
laissèrent pas séduire par ces fallacieuses pro-
positions, et au lieu d'accepter l'amnistie, ils
menacèrent de punir tous ceux qui ne se join-
draient pas à eux, et déclarèrent que c'était
eux, et non la régence, qui avaient le droit de
convoquer les Cortès au nom de la nation.

Le ministère anglais essaya, lui aussi, dans
les premiers jours de la révolution, de refroi-
dir le courage des libéraux : il leur offrit son

appui et la coopération de l'Angleterre, à
condition qu'ils adopteraient une Constitution
avec deux Chambres et avec le *véto* absolu du
roi ; mais les libéraux refusèrent cette puissante
protection , plutôt que de donner à leur patrie
une liberté illusoire.

Le retour du roi en Europe fut une autre
crise dangereuse pour les libéraux. La contre-
révolution était préparée , et devait éclater au
moment où le roi débarquerait. Les Cortès vi-
rent le péril ; elles changèrent inopinément
tous les chefs des corps , isolèrent ainsi le roi
de ceux qui conspiraient , et restèrent inébran-
lables dans le cérémonial qu'elles avaient ar-
rêté pour le débarquement de S. M. La conspiration fut complétement déjouée.

Les libéraux portugais ont reconnu la faute
que les libéraux espagnols ont commise en s'é-
loignant du roi ; ils ont jugé qu'en laissant le
souverain entouré par les anciens courtisans ,
il serait toujours isolé de la nation , et qu'à la
fin il en résulterait naturellement de la froideur
et de la défiance entre des personnes qui ne se
fréquentaient pas. Ils s'offrirent donc pour for-
mer la cour du roi , et ils mettent autant d'as-
siduité et d'adresse dans cette profession que
les vieux courtisans de l'ancien régime.

Cette lettre sera la dernière que je vous écrirai de Lisbonne : je veux partir au plus tôt pour l'Espagne. La situation politique de cette nation empire tous les jours, et tout fait présumer que les serviles et les partisans d'une Constitution avec deux Chambres ont fait alliance ensemble. S'il en est ainsi, un choc entre les deux partis est inévitable. On m'écrit qu'il règne à Madrid ce calme trompeur, ce calme des tombeaux, avant-coureur des plus violens orages. L'explosion est imminente, puisque les Espagnols, qui ne voient le péril que lorsqu'il est inévitable, le croient eux-mêmes très-prochain. Avec un peu de prévoyance et quelques résolutions énergiques, les libéraux auraient pu éviter un pareil malheur. Mais, bien différens des libéraux portugais, ils ont, par une générosité romanesque, et par une confiance aveugle en leurs propres forces, donné le temps à leurs ennemis de rassembler tous les élémens d'une contre-révolution.

*No importa!* les libéraux espagnols sont braves ; ils sauront remédier par leur courage à toutes les erreurs qu'ils ont commises. Quoiqu'ils n'aient pas encore dressé leur plan de campagne, leur instinct les fera agir sans confusion, et j'espère qu'ils combattront avec or-

dre; j'ai le pressentiment que les libéraux triom-
pheront. Je voudrais déjà être à Madrid ; mais
si j'éprouve de l'impatience , ne croyez pas que
j'aie le moindre doute sur l'issue des événemens
qui s'y préparent.

**Adieu , Jenny.....**

~~~~~~~~~~~~~~~~~~~~~~~~~~~~~~~~~~~~~~~~~~~~~

## LETTRE XIII.

Madrid, 20 juin 1822.

La retraite de Xénophon ne fut ni plus pé-
rilleuse, ni plus heureuse que mon voyage.
J'ai traversé toute l'Estramadure au milieu des
voleurs et des factieux (ce qui est presque sy-
nonyme), et je suis enfin arrivé sain et sauf à
Madrid.

Mes conjectures se vérifient; l'horizon pa-
raît chargé d'orages; les Cortès sont au moment
de terminer leur session sans avoir procuré
un remède radical à la patrie souffrante. Le
volcan est ouvert : un acte courageux pouvait
le fermer pour toujours; on a perdu le temps,
on a consumé la force et l'enthousiasme en
demi-mesures, et les libéraux de 1820 ont
perdu la majorité dans les Cortès. Ils se défen-
dent encore bien quelquefois, mais la victoire
leur échappe. Le principal orateur des libéraux
est en ce moment le député Galiano : la nature l'a doué d'une grande éloquence, qu'il a
perfectionnée par de profondes études; ses ges-

tes sont nobles, et il n'a d'autres défauts que
la hardiesse et la présomption de son parti.
Son antagoniste est Arguelles; mais Arguelles
n'est plus le *divin* Arguelles : il n'est plus orateur; son éloquence a perdu son plus grand
prestige, celui de la vérité. Il est devenu le
chef d'une faction qui se lève et s'assied ma-
chinalement en votant avec lui. Cependant,
comme il est habile et aguerri dans la tactique
des assemblées délibérantes, il prépare dans les
ténèbres la victoire qu'il ne pourrait plus rem-
porter à la tribune.

Riégo ne parle pas; Riégo semble dédaigner
de combattre. Que fait-il donc ? Riégo est le
corps de réserve des libéraux : ainsi que l'étendard de Mahomet, il ne doit être déployé que
dans les périls extrêmes. La prudence exige
donc qu'on ne l'expose pas sans la plus ur-
gente nécessité.

Les libéraux ont invité plusieurs fois le ministère à entrer dans leurs rangs, et à marcher
à leur tête : le ministère a rejeté ces proposi-
tions ; il persiste dans son funeste système de
de bascule, et à s'envelopper d'un voile impé-
nétrable. Le gouvernement représentatif, qui
doit être transparent, est devenu, sous ce ministère, un corps opaque qui ne donne ni ne
reçoit aucune clarté. L'opinion publique com-

mence à l'abandonner : les soupçons, les ac-
cusations, les calomnies pleuvent sur lui.

Il y a pourtant dans ce ministère un homme
qu'il m'est impossible de croire traître aux intérêts de la liberté et à la dignité de sa patrie:
ce ministre est Martinez de la Rosa. Un jeune
homme aussi intéressant que lui, honoré dans
sa conduite privée, éloquent, avantageusement
connu dans la république des lettres, et qui
fut, pendant plusieurs années, la victime du
despotisme, à quoi peut-il prétendre, si ce
n'est à la gloire ? Martinez de la Rosa a trop
d'honneur pour prendre part à une trahison,
et trop de talens pour sacrifier sa gloire à l'ambition des autres. Je vous avoue, belle Jenny,
que c'est pour moi un douloureux effort de
penser que je serai peut-être, sous peu de
temps, obligé de mépriser cet homme.

En attendant, le jour de Saint-Ferdinand, se
sont développés à Aranjuez de grands symp-
tomes d'une contre-révolution. La garde royale
et quelques paysans ont fait entendre le cri de
*Vive le roi absolu!* L'on assure même qu'un
des infans s'est montré sensible à ce vœu. Heureusement, les gardes nationales imposèrent
silence aux séditieux et furent probablement
un obstacle à quelque dessein beaucoup plus
vaste. Ce scandale est resté impuni.

Le roi retournera à Madrid pour la clôture
des Cortès, qui doit avoir lieu le 30 de ce mois.
Un bruit sourd circule parmi le peuple, qu'à
son arrivée il se passera des événemens violens
dans cette capitale ; mais on ne dit pas de quelle
nature seront ces événemens. Dans les momens
de révolutions, je ne méprise point ces présa-
ges : je suis superstitieux comme les Romains,
lesquels croyaient que ces voix populaires
étaient les avertissemens des génies qui habi-
taient dans les airs.

Adieu, aimable lady : je ne tarderai pas à
vous écrire.

# LETTRE XIV.

Madrid, 25 juin 1822.

A la fin la crise est arrivée ; la contre-révolution a fait-avant hier son explosion : c'était le jour de la clôture des Cortès, et peu s'en est fallu que ce ne fût celui de leur anéantissement. Pendant que le roi siégeait au milieu des députés de la nation, avec le titre affectueux de *père de la patrie*, que les Cortès firent graver au-dessus du trône, la garde royale le proclamait, au palais, *roi absolu*. A ce cri de rébellion, les citoyens ne peuvent contenir leur indignation ; mais les rebelles mettent en fuite à coups de fusil ce peuple désarmé. Le capitaine général Morillo accourt, et, l'épée à la main, il menace les soldats qui prononcent ce cri séditieux, les force à obéir, et renvoie à leurs casernes les quatre bataillons des gardes révoltés. Mais l'incendie n'était pas éteint : il devait se rallumer avec plus de violence dans l'après-midi. En effet, pendant que le public admirait, à la promenade du Pardo, l'ostenta-

tion des ministres, et leur indifférente pour les
événemens de la matinée, le bruit se répandit
de nouveau que les deux autres bataillons des
gardes, qui étaient restés dans le palais, y
avaient immolé le brave lieutenant Landa-
buru. Ce digne libéral expirait en criant *vive
la Constitution*! à la vue des infans, qui,
d'une des fenêtres, étaient spectateurs de cet
assassinat. A cette nouvelle, l'agitation renaît
dans toute la ville : l'on entendait en même
temps des cris et des hurlemens sortir des
casernes de la garde. Minuit arrive et l'on ap-
prend que les quatre bataillons des gardes ont
quitté Madrid et sont allés camper au *Pardo*,
à deux lieues de Madrid. Morillo harangue
vainement les soldats pour les faire rentrer
dans le devoir : ils refusent de l'écouter, à
moins qu'il ne veuille se mettre à leur tête.
Morillo abandonne alors ces forcénés à leur
destinée, et retourne à Madrid avec une cen-
taine d'officiers et de sous-officiers, qui venaient
se joindre aux défenseurs de la liberté. Le
général Ballesteros, qui ne se montre jamais à
la nation que lorsqu'elle est en danger, demanda au capitaine général le commandement
de deux pièces de canon, et d'un régiment de
cavalerie, pour aller combattre les rebelles. La
discipline, et, plus encore, la liberté insultée,

réclamaient un prompt châtiment ; mais à peine Ballesteros est en marche, que le roi le rappelle à Madrid , et ordonne que les bataillons insurgés ne soient pas poursuivis. Tels sont les principaux événemens du dimanche.

La journée d'hier s'est passée dans un mouvement continuel : les libéraux sont sortis de leur stoïque indolence, et courent aux armes. La municipalité de Madrid s'est déclarée en permanence. La garde nationale est sur pied ; le roi ne sort pas du palais : il y est entouré par deux bataillons des gardes, qui ont placé des postes avancés dans toutes les directions, comme en temps de guerre. La garnison observe la plus grande discipline. Elle est prête à obéir aux ordres du ministère ; mais jusqu'à ce moment les ministres n'ont pris aucune mesure. Le corps diplomatique est en grande agitation , et toutes les quatre à cinq heures il part des courriers extraordinaires pour Paris. Je profiterai d'une de ces occasions pour vous donner bientôt des nouvelles de notre situation. En attendant, faites, je vous prie, des vœux pour la liberté espagnole.

Votre très-affectionné.

# LETTRE XV.

Madrid, 6 juillet 1822.

Les rebelles sont campés au *Pardo* depuis six jours, et menacent la capitale. Le ministère conserve toujours son immobilité ,et le silence le plus mystérieux ; il continue à rester dans le palais, sous la terreur des baïonnettes des deux autres bataillons insubordonnés , malgré les invitations qui lui ont été faites plusieurs fois par la municipalité de se réunir près d'elle. Le ministère s'est dégradé au point d'offrir trois différentes capitulations aux rebelles du *Pardo.* Heureusement que les factieux sont plus fermes que les ministres sur le point d'honneur, et qu'ils n'ont voulu accepter aucune condition humiliante.

Après cinq jour d'une mortelle agonie, on a enfin réuni hier le conseil d'État. Les interpellations contenues dans la consulte du roi supposaient déjà la victoire déclarée pour les rebelles , tant elles étaient inopportunes et téméraires. Les réponses du conseil furent celles d'un corps éminent de l'État, qui ne désespère jamais du salut public, et qui porte toute son attention vers le bien de la patrie. Le conseil fut interpellé sur ses sentimens relativement à la Constitution.... A cette demande, un général qui aima toujours la patrie et l'honneur se leva en s'écriant qu'une pareille question était subversive et incendiaire, et que les membres du conseil d'État avaient juré de défendre la Constitution jusqu'à la dernière goutte de leur sang. Le conseil donna son adhésion à cette réponse magnanime.

Le plan de la contre-révolution et le cercle de la trahison s'étendent bien loin. Cent cinquante carabiniers se sont révoltés à Cordoue, et marchent sur la capitale. Le clergé frénétique a insurgé la ville de Siguenza. En attendant, les agens de la contre-révolution exagèrent les dangers de la liberté et en déplorent le terme avec une douleur calculée, afin de répandre la terreur et la confusion. Nonobstant toutes ces menées, plus le péril augmente, plus le patriotisme et l'ardeur des libéraux s'enflamment. La garde nationale est infatigable; elle bivouaque et veille constamment ; elle est prête, quoiqu'en nombre inférieur, à attaquer les quatre mille rebelles, vétérans choisis dans toute l'armée. Les volontaires patriotes don-

nent un exemple sublime d'enthousiasme. Plusieurs de ces bataillons se composent d'officiers
supérieurs, de députés, de journalistes, d'acteurs et d'artistes distingués, qui servent comme
simples soldats, et qui bivouaquent sur les pla-
ces. La municipalité a embrassé la défense de
la liberté avec une intrépidité héroïque. Si
toutes les autorités étaient nommées par le
peuple, comme les officiers municipaux, cette
capitale ne se trouverait pas dans la pénible
situation où elle est plongée. Puisse un jour
l'Espagne, lorsqu'elle entreprendra de réfor-
mer sa Constitution, retirer une leçon utile de
ce terrible événement!

Quel est celui qui peut maintenant prévoir
le dénoûment de cette tragédie? Pour compli-
quer ce nœud gordien, et pour que cette nation soit originale en tout, on assure que Morillo est nommé par S. M. colonel des gardes.
Ainsi Morillo se trouve être, en même temps,
général des deux armées ennemies!... Mais
lors même que la capitale succomberait, la
cause de la liberté ne peut être désespérée. Ne
perdez donc pas courage, aimable lady : car
en supposant que Madrid tombe au pouvoir
des rebelles, les succès du despotisme ne seront
jamais qu'éphémères. La prise de la capitale
serait le signal de l'indépendance des provin-

ces ; elles n'attendent que le moment favorable
pour se soustraire à un gouvernement qui a
toujours trahi leurs espérances et méprisé leurs
vœux. Le roi absolu ne serait que le roi de
Madrid ; les autres provinces se gouverneraient
elles-mêmes, et sauraient défendre la liberté
avec plus d'enthousiasme que jamais. Dans la
dernière guerre contre les Français, les provinces espagnoles ne déployèrent jamais autant
d'énergie et d'héroïsme que lorsqu'elles eurent
secoué le joug du gouvernement central, qui
avait vendu à la France et l'honneur et l'indépendance de la nation espagnole.

Je suis toujours,

Votre très-affectionné....

~~~~~~~~~~~~~~~~~~~~~~~~~~~~~~~~~~

## LETTRE XVI.

Madrid, 8 juillet 1822.

Vive la liberté! la victoire est à nous. Les janissaires du Pardo n'existent plus. Hier, au lever du soleil, ils ont été battus et détruits au moment où ils entraient furtivement dans la ville sur trois colonnes, dans le but de s'emparer des trois points principaux défendus par les miliciens. L'artillerie des miliciens les a foudroyés, et, avant sept heures du matin, ils étaient déjà en pleine déroute, laissant les rues jonchées de morts et de blessés. Les vainqueurs, voulant être généreux, suspendirent le feu et offrirent la vie aux vaincus, à condition qu'ils déposeraient leurs armes. Les soldats des gardes, après avoir accepté cette capitulation, s'en repentirent aussitôt, et cherchèrent à se sauver dans les champs, où ils n'ont trouvé que la honte et la mort. La cavalerie les a tous sabrés ou faits prisonniers.

Morillo effaça la faute qu'il avait commise de laisser surprendre la ville, en combattant avec la valeur d'un grenadier. Le général Alava, qui, durant tous ces jours, n'a jamais abandonné le bataillon des officiers, montra hier cette indifférence pour la mort qu'il apprit à avoir en combattant à côté des Anglais. Riégo partagea les périls et la gloire avec les miliciens. Palarea ajouta une autre journée de gloire à toutes celles qu'il comptait, comme guérillas, depuis la guerre de l'indépendance. Mais c'est au général Ballesteros que l'on doit, indépendamment des savantes dispositions pour repousser l'ennemi, la gaieté et l'enthousiasme qui régnaient dans les rangs des défenseurs de la liberté. Ce général ressemble aux guerriers d'Ossian, à qui le cœur palpite de joie lorsqu'ils entendent le clairon des combats. Ballesteros, se montrant sur tous les points, et criant partout *Vive la liberté!* communiquait à tous les combattans son enthousiasme et sa confiance.

Pendant que les libéraux attaquaient le manège contigu au palais de la cour, la famille royale se montra aux balcons; mais elle se retira quelques minutes après, dans la crainte que les balles ne respectassent point son inviolabilité. Un journaliste n'a pas laissé échapper cette occasion pour faire un rapprochement entre cette circonstance et celle où Charles IX, de France, tirait sur le peuple français par la fenêtre du Louvre. Si les rebelles eussent été vainqueurs, une *Saint-Barthélemy* de tous les libéraux aurait eu lieu hier, et n'aurait été ni moins cruelle ni moins générale que celle des huguenots.

Déjà on avait préparé dans le palais le triomphe du despotisme ; les chevaux étaient richement harnachés, et les courtisans avaient mis leurs habits de gala dès le commencement de l'attaque ; mais, à la nouvelle de la défaite des séditieux, ils s'empressèrent de se déshabiller, de sorte que les salons de la cour, remplis de tous ces costumes divers, ressemblaient, dit-on, au magasin du costumier de l'Opera-Buffa.

Il arrive aux ministres ce qu'ils auraient dû prévoir et éviter. Il ne leur a pas été permis avant-hier au soir de sortir du palais, où ils ont été retenus prisonniers jusqu'à ce que la victoire se fût déclarée pour les libéraux.

Les imprécations des soldats prisonniers contre ceux qui les ont entraînés dans la rébellion déchirent l'âme. Ce matin, quelques blessés, voyant entrer dans les dortoirs de l'hôpital leur ancien chef, le général Ballesteros, sous lequel ils avaient servi pendant la guerre de l'indépendance, maudissaient l'or qui les avait séduits et souhaitaient de guérir promptement afin d'expier leur crime en versant pour la liberté le reste de leur sang.

Je deviens furieux contre le despotisme toutes les fois que je pense qu'il a gâté le bon sens de ce peuple , et qu'il encourage la trahison et la vénalité chez une nation qui est peut-être la plus loyale et la plus désintéressée de toutes les nations de l'Europe.

Je vous envoie quelques-uns des journaux espagnols, dans lesquels vous trouverez de plus grands détails que ceux contenus dans cette lettre. Le combat d'hier, par ses résultats politiques, est beaucoup plus important que la bataille de Waterloo. Je sais que depuis quelque temps vous étudiez l'idiome castillan : vous faites bien , Jenny, d'apprendre la langue de la liberté. Puisse-t-elle devenir la langue universelle !

Adieu....

# LETTRE XVII.

Madrid, 19 juillet 1822.

BELLE JENNY,

Je vous apprends avec le plus grand plaisir qu'il n'existe plus ici d'autres traces de la contre-révolution que son funeste et déplorable souvenir. La ville de Siguenza implore l'amnistie du gouvernement, et les carabiniers se sont rendus à discrétion. A chaque instant on arrête dans les provinces des émissaires du despotisme. Beaucoup de personnages de la cour abandonnent la capitale pour aller jouir de *l'air plus salutaire* de la campagne.

Ainsi que je vous l'avais prédit dans ma dernière lettre, toutes les provinces s'étaient déjà préparées à la défense, sans attendre l'issue des événemens de la capitale. De toute part arrivent maintenant des députés et des félicitations à la municipalité et à la garde nationale, pour la conduite héroïque qu'elles ont tenue.

Ces remercîmens adressés à d'autres qu'au ministère rejettent sur lui une lumière odieuse.

Il est devenu l'objet de l'exécration d'un grand
nombre de libéraux, et celui de la censure de
tous. L'apathie des ministres durant la crise qui
vient d'avoir lieu dans cette capitale est une
chose inexplicable ; mais le crime dont on vou-
drait les accuser est si grand, qu'il est impossible de l'admettre sans les preuves les plus évi-
dentes. Quelques - uns des ministres ont déjà
donné leur démisson : on remarque parmi eux
M. Martinez de la Rosa.Les libéraux maudissent
l'instant où ils le délivrèrent du château dans lequel l'inquisition l'avait fait renfermer pendant
les six années de despotisme. Je me rétracte de
tout le bien que je vous ai dit de ce ministre
dans une de mes précédentes lettres : la sympathie que j'éprouve ordinairement pour les
hommes de talent m'avait aveuglé.

Le général Lopez-Bagnos, illustre compagnon de Riégo, vient d'être nommé ministre
de la guerre ; Mina est destiné au commandement en chef de la Catalogne : ces deux nomi-
nations sont, jusqu'à ce jour, les seuls fruits de
la victoire du 7. Le gouvernement est encore
entre les mains de ceux qui n'ont pas su, ou
n'ont pas voulu prévenir l'explosion de la contre-révolution. Les libéraux ont trop de superstition pour la Constitution : ils n'osent pas
même y toucher pour la soutenir.

*A poco a poco*, j'entends répéter à chaque instant ; mais ce *poco a poco* me fait mourir d'impatience et de rage. Si dans les premiers momens de la victoire on n'a pas obtenu tous les grands avantages que l'on devait en espérer, comment pourra-t-on les obtenir avec le *poco a poco*, dès que le prestige du triomphe n'existera plus ?

~~~~~~~~~~~~~~~~~~~~~~~~~~~~~~~~~~~~~~~~~~~

# LETTRE XVIII.

Madrid, 8 août 1822.

Le *poco a poco* a eu raison, aimable Jenny :
il est accouché hier d'un ministère qui est le *non*
*plus ultra* de nos vœux. Qui s'y serait attendu
après un mois d'inaction et d'indolence ? L'Espagne possède enfin un ministre des affaires
étrangères avec les moustaches. C'est le brave
colonel évariste San-Miguel, un des intrépides
compagnons de Riégo. Le portefeuille de l'in-
térieur est entre les mains de l'ex-député Gasco,
orateur éloquent, d'une activité prodigieuse et
d'un patriotisme à toute épreuve. Le nouveau
ministère possède toute la force physique et
morale pour bien gouverner l'Espagne dans
des momens aussi difficiles.

Les champions de la liberté sont tous appelés
à servir la patrie. Quiroga, O'daly, Palarea,
l'Empecinado, etc., etc., sont sortis de l'oubli
dans lequel les laissait l'ancien ministère, et
viennent d'être chargés de commandemens importans. La confiance renaît ; le règne des té-

nèbres est fini, un jour pur éclaire les affaires
publiques.

J'ai fait ce matin une visite au général Mina,
qui va partir pour la Catalogne. Sa physionomie est tout-à-fait espagnole : il a un crâne
que Skanderbek n'aurait pu fendre avec son
grand sabre..... Mais n'est-il pas inutile de
vous faire le portrait de ce Viriate de nos
temps ; puisqu'on le trouve chez tous les marchands d'estampes de Paris et de Londres ?
Mina est dans toute la force de l'âge ; son
son nom ne tardera pas à retentir dans les Py-
rénées ; Mina est un général qui équivaut à
dix mille hommes. Tous les officiers surnumé-
raires sollicitent la faveur de le suivre dans la
guerre de Catalogne. Ceux qui ont attisé l'in-
surrection de cette province, à force d'or,
pourront peut-être s'en repentir bientôt. Cette
guerre commence à réveiller le génie militaire
des Espagnols, et la Catalogne peut vomir un
jour des armées conquérantes.....

S'il était vrai que la fièvre jaune se fût de
nouveau déclarée à Barcelone, on pourrait dire
que cette fièvre combat pour les libéraux, puisque son existence seule suffirait pour empêcher
toute invasion de la Péninsule.

Ces jours derniers, quarante mille vétérans
ont été rappelés sous les armes. La garde na-

tionale espagnole, qui compte déjà plus de cent mille hommes dans ses rangs, peut être portée à cent cinquante mille dans moins d'un mois, et le Portugal offre ses intrépides bataillons à l'Espagne. Il est temps désormais que la liberté descende de la tribune pour monter sur le char de la victoire.

« *O soave dell' alme sospiro,*
« *Libertà che del Cielo sei figlia,*
« *Compi alfine l'antico desiro*
« *Della terra che tutta è per te !* »

Monti.

Recevez mes adieux, aimable Jenny, et croyez-moi toujours,

Votre très-affectionné.....

FIN.

www.ingramcontent.com/pod-product-compliance
Lightning Source LLC
Chambersburg PA
CBHW070747280626
47162CB00017B/2409